KU-640-533

Au cœur des mots

Kate Jane Neal

Texte français d'Isabelle Montagnier

Pour Thea, Toby, Isaac et Summer x

Catalogage avant publication de Bibliothèque et Archives Canada

Neal, Kate Jane
[Words and your heart. Français]
Au cœur des mots / Kate Jane Neal, auteure et illustratrice ;
texte français d'Isabelle Montagnier.

Traduction de: Words and your heart.
ISBN 978-1-4431-6953-0 (couverture souple)

I. Titre. II. Titre: Words and your heart. Français

PZ23.N427Au 2019   j823'.92   C2018-903820-9

Publié initialement en Grande-Bretagne en 2017 par Simon & Schuster UK Ltd.
© Kate Jane Neal, 2017, pour le texte anglais et les illustrations.
© Éditions Scholastic, 2019, pour le texte français.
Tous droits réservés.

Cette édition est publiée en vertu d'un accord avec Simon & Schuster UK Ltd.,
1st Floor, 222 Gray's Inn Road, Londres WC1X 8HB, une compagnie de CBS.

Kate Jane Neal a revendiqué ses droits d'auteure et d'illustratrice concernant cet ouvrage conformément
à la Copyright, Designs and Patents Act de 1988.

Il est interdit de reproduire, d'enregistrer ou de diffuser, en tout ou en partie, le présent ouvrage par
quelque procédé que ce soit, électronique, mécanique, photographique, sonore, magnétique ou autre,
sans avoir obtenu au préalable l'autorisation écrite de l'éditeur. Pour toute information concernant les
droits, s'adresser à Simon & Schuster UK Ltd.

Édition publiée par les Éditions Scholastic,
604, rue King Ouest, Toronto (Ontario) M5V 1E1, Canada.

10 9 8 7 6   Imprimé en Chine CP155   23 24 25 26 27

TA DAAA

Ils peuvent bel et bien avoir un effet
sur le cœur des gens.

Tu sais, la petite partie d'eux qui les rend uniques!

Quand quelqu'un a le cœur serré…

tes mots peuvent le réconforter.

Quand quelqu'un se sent faible,
tes mots peuvent lui redonner des forces.

Quand quelqu'un veut abandonner…

tes mots peuvent l'aider à continuer…

le faire sourire,

le faire rire,

le faire éclater de rire!

Tu vois ce que nous voulons dire?

Tes **mots** sont

prodigieux

et

PUISSANTS!

Et si nous utilisions tous nos mots
pour prendre soin du cœur
des autres?

Tu sais, la petite partie de nous qui nous rend UNIQUES!

Essayons ensemble de faire changer les choses!

Aujourd'hui, le monde de quelqu'un d'autre
peut devenir meilleur... grâce à toi!

Cette idée réchauffe

le **cœur,**

tu ne

trouves pas?

Voici un livre au sujet de ton cœur.

Tu sais, la petite partie de toi qui te rend unique!

Écoute *très* attentivement…

parce que c'est **TRÈS**

IMPORTANT!

Ça peut vous rendre plus heureux, toi

et ton entourage!

Tu vois, les **MOTS** qui parviennent à tes oreilles…

peuvent avoir un effet sur ton cœur!

Tu sais, la petite partie de toi qui te rend unique!

Tes **mots** peuvent faire…

des choses
INCROYABLES!

Ils peuvent
décrire des
choses très
GRANDES...

ou toutes *petites*.

Ils peuvent expliquer des phénomènes qui font...

Fschiii!

Wouch!

BOUM!

Ou... Flap! Ding! **PING!**

Les mots peuvent te rendre heureux…

et te donner envie de chanter!

Mais parfois, les mots peuvent nous faire pleurer.

Nous savons tous de quelle sorte de mots il s'agit.

Parfois, les mots peuvent être comme une flèche meurtrière qui transperce le cœur des gens.

Tu sais, la petite partie d'eux qui les rend uniques!

Et certains mots peuvent vraiment
faire du mal.

Tes MOTS ont un immense

POUVOIR!